Herbert Pfeiffer

OH CELLO VOLL ECHO

Palindromgedichte

Mit einer Vorbemerkung von

Ernst Jandl

Insel

Erste Auflage 1992

Druck: MZ Verlagsdruckerei, Memmingen
Printed in Germany

Vorbemerkung

Das Palindrom, in Praxis und Theorie, ist mir eigentlich verschlossen. Um so mehr darf ich mein Erstaunen über die Möglichkeiten bekunden, die Herbert Pfeiffer besitzt, um in der Technik des Palindroms moderne deutsche Gedichte zu schreiben.
Nur ein außerordentliches Maß an Disziplin, Virtuosität und Kombinatorik befähigen zu einer Leistung dieser Art; weiters eine ganz besondere Beziehung zur Sprache.
Witz sehe ich überall in seinen Texten am Werk; Lust erfährt überall der Leser.
Herbert Pfeiffers Palindrome dringen kraftvoll in unser endendes Jahrhundert. Ich bin gewiß, sie werden sich in unserer Literatur behaupten und die ihnen gebührende Anerkennung finden. Ich jedenfalls bewundere sie, applaudiere ihrem Autor und danke als einer der Beschenkten.

Ernst Jandl

OH CELLO VOLL ECHO

Heere, Ehre, euere Reue

Geisttat statt Sieg

Euere Reue heilt Siege.
Beileid eint.
Siegt Sinn ad hoc?

Oh, dann ist Geist
nie die Liebe!
Geist lieh euere Reue.

Salomo las

Nie setzte sein
Name Geistsiege. Man
redete: Der
eint nie
euere Heere, ehe Reue
träge gärt.

Ei, wie
goldne Leere elend log!
Horror rettet Terror. Roh
nießnutzt uns sein
Retter.

Reue? Fegefeuer?
Nie! Nein!
Nie setzt es ein.

Ob Marx, Ajax, Rambo ... I

Euerer Heere Elend:
Lüge, Tote,
güldne Leere (= Ehre),
Reue.

Ob Marx, Ajax, Rambo … II

Ein agiler Hit reizt sie.
Geist? Biertrunk nur
treibt sie! Geist
ziert ihre Liga nie.

Berga – Zagreb
(hin und zurück)

Nistet stets in
Reue Fegefeuer?
Barg man am Grab
nie Prunk, nur Pein?

Die liebt, mimt Beileid,
errieten gesegnete Irre.

Heide gedieh
neben Rentnern eben
nie adretter, da ein
Golfball abflog …

Söldner Endlös

Sold nur gebot:
Diene der Heere Ehre!
Töte!

Töte Töterheere!
Ehre den Eid!
Tobe grundlos!

Der Heere Ehre d...

Euer Name
tarne die Liebe!

In euerem Mut
sei der Heere Ehre
die stumme Reue nie.

Bei Leiden
rate man Reue!

Euere Reue I

Euer Eid trägt's nie.
Rednerei gernegroßer Ableger
nutzt ihren Eseln.
Uns nutzt ihr, Esel!

Euer Gott amtiert, siebt,
knutet, ölt, heizt, reizt, belebt,
ziert, zieht, lötet, unkt
bei Streit matt.

O Greuel! Es erhitzt uns nun.
Lesen erhitzt Unregelbares.
Sorgen regieren.
Dereinst gärt die Reue.

Euere Reue II

Euere Tugend lügt
leger, nie so straff
ohne der Reden Höhe:

Gebote,
Getute, Getobe,
Gehöhne.

Der Reden Hoffart–
Sosein regelt
güldne, gute Reue.

Euere Reue III

Euer Redner, ein Alp,
lieh nur und nur Unheil,

lieh nie stummer
euerem Mut sein Heil,

lieh nur und nur
Unheil planierender Reue.

Rase, ach Caesar!

Goldnes sah, hassend log
euere Idee, die Reue,
euere tote Reue.

Rase, ach Caesar!

So, per Epos,
redete, der
hassend log, Goldnes sah.

Euer Eid & die Reue

Statt Siege, bei Leid,
ein Grab euerer Heere.

Elend log euer Eid
goldnere Ehre.

Verheerend log die Reue
goldne, leere Ehre.

Reue barg nie die Liebe.
Geist tat's!

Tot bleibt tot

tot?

tot?
nur abgelebt?

belebe!
lebe!

– lebt!!
belegbar untot!!

Neben uns nun eben

Neben uns nur Esel!
Nie Bratsauen, Amoretten, Gin!

Oh, nie Wein, Honig,
nette Romane …

U. a. starb ein Leser uns
nun eben!

Geist mimt Sieg

Nebel sei
der eigene Geist.

Enges Ego,
so gesegnet siege:
Negiere dies Leben!

Lies – Seil

Lies nie!
Euer Leben mit Geist
belegt Sinne

… denn ist gelebt,
siegt im Nebel Reue.
– Ein Seil!

eine Xenie

o tulpe belebe pluto!
erhabene bahre
erhabne totenbahre
reizend lügt güldne zier

goldlohe – hold log
es o mimose
sarg neben gras
gras mit niere vereint im sarg

eine Xenie

saat belebt aas
erato netzte notare
heide gedieh
heide gedieh

treibe! grund nur gebiert
nelken in eklen
grasmatten ... nett am sarg
o tulpe töte pluto!

Leser, edle Seele, Esel der Esel

Netter Leser! Ella, die
liebt im Gras man hold ...
Nur Esel retten ohne Idole.

Mein Leser im Grab neben uns
sah nie bei Leid
adretter, relativ agiler Ableger Elan.

Aber es nutzte ja jetzt unsere
banale, regelbare Liga vitaler Retter da,
die Liebe in Haß nun eben barg, mir Esel nie!

Melodien honetter Leser
und Lohn am Sarg
mit Beileid aller Esel retten!

Ehe, Eros etc.

...s nutzt uns

Eins nutzt uns:
Amore!

Die Rederei da,
die Rederei der Omas,
nutzt uns nie.

Hand, nah

Rege
ist sie bei Leid.

Die liebe Hand labt,
sie ist geil, feist ...

Igitigit, sie fliegt.
Sie ist bald nahe.

Beileid! Die Liebe
ist Sieger!

Ein Knie

O Genie,
dies nette Knie
ist Gast,
sagt sie.

In Ketten
sei dein Ego!

Tut Tim mit?

Ein Semit tut's.
Elli will.
Ulli will es.
Tut Tim es nie?

An Irina

Tu gut,
tu Gut-
es, o Mimose.
Es – ohne diese Seidenhose!

Ada!!

Allein nahm Hanni Ella
An Renata setzte Satan Erna
Anna hetzte Hanna
Ein Kniebohrer erhob ein Knie
Ethel flehte
Ramona lag matt am Galan Omar
Sie sott Ottos Eis
Tim tat mit
Tims Ella tat alles mit
Elli neidete Pete die Nille
Amos tat's Oma

Seht, Aga, ein Knie Agathes!
Aron oelt Leonora
Anita hat Ina
An Omar strebt Berts Ramona
Emma erhitzt ihre Amme
Narretei, Dieter ran!
Erdnah turnen Nonnen, Ruth, andre
(Hol Fallen, Ella floh!)
Naive Neger regen Evi an
Es eilt, Liese!
O Greta, a tergo!

Neben Eden eben

Neben Amor
nie adretter
die Liebe gärte!

Bier! Feten!
Gesegnete Freibeträge!
Bei Leid Retter da!

... ein Roman eben.

Ehe I

Sei fein
&
nie mies!

Sei mein
&
nie fies!

Ehe II

O, Streit irritiert so!
O
Seele, es
nießnutzt uns sein
Oger-Ego.

Netter Epos, Operetten
nennen
Horror roh
Ehe, wo Wehe
ekle, welke
Bohrer hob.

Hoelle, oh Hoelle, oh
Margot, o Gram!

Ei, die
Nette kniete in Ketten.
Nette Ketten,
nette KZ-Ketten!
Gold log.

Nie, nein,
nie Prunk, nur Pein!
Mutti litt um
eine Idee, die nie ...

Grau! Zu arg
die Reue. Euer Eid
eint nie!
Es sind Ödnisse.

Rat, o Notar!
Rat, o Notar!

Gebote und Leviten

Boxe, Ex-OB!

O Genie, du aber, du Alp,
tarne nie dein enges Nebenamt!
Gehe bei Leid mit!

Nie ziere Niedere!
Nie frevle gerne!
(Man redet so kregel ...)

Segne edle Melodien!
Hole Bier! Fege Wege frei!
Belohne Idole! Melde Enges!

Leger koste der Namen Regel!
Verfeinere deine Reize intim!
Die Liebe hegt man eben.

Segne nie deinen Rat!
Plaudre!
Bau dein Ego!

1991

Mut siegt?
Geld nutzt uns!

Es tut's,
es nutzt
und legt Geist um!

Mut : Negierer : Eigentum

Lebensmut negierend
lügt Sitte.

Kokett ist
güldner Eigentumsnebel.

Die Rede, der Eid

Leser, ediere
der Eide Beweise nie.

Webe sie,
webe die Reden!

Rate die Rede; sie
webt Beweise der Eide.

Tarne der Eide Beweise!
Beweine sie!

Webe die Rederei
der Esel!

Iß, Ossi! I

Die liebe DM
erfreue heuer
Fremde
bei Leid!

Iß, Ossi! II

»Teste jene Jet-set- . . . «
»Leder! und nur edel . . . «
»Satin an Anitas . . . «
»Alle Bananen, Anabella!«
»Gin! Oh, neuen Honig!«

Ei, wie
redete der
Redner Honig in Ohren der
Rentner.

Ob Marx, Rambo,
Dr. Busch (CSU) BRD,
horrende Redner, roh!
Hoere! Oh,
tat er euere Tat?

Des Staats SED-
Banner trenn ab!

Euere Torsos! Rote Reue!
Euere Reue
eint, o Idiot, nie!
Euere Reue
regeln Anleger
nun.
Na, wie Iwan!

OMO
mietete im
neuen
Osten gesegnet so
rege, nette Neger.

Nur hineinknien, ihr Un . . . !

Iß, Ossi! III

Dient!
Geht ein!
Knebelt Reize!

Seht Armut, helft!
Bebt!
Fleht um Rat!

He, seziert Leben!
Kniet!
Hegt Neid!

Iß, Ossi! IV

Ein Seetier iß,
o Ossi,
reite es nie!

Tu gut!

Die Liebe
bewege,
hebe,
lebe,
hege,
webe
bei Leid!

Die Liebe bei Leid I

He, Geist,
belebe bei Leid
adrette, rege Retter da!

– Die Liebe belebt sie.
Geh!

Die Liebe bei Leid II

Euer Geist umnebelt sie bei Leid.
Geist umnebelt Reize bei Leid.

Laut irrender Rednerei Brut
samt Geist belegt Sinne.

Der eigenen Egos Eisgrab (»Seele«),
es barg sie so.

Gene negiere! Denn ist gelebt,
siegt masturbierender Redner Ritual.

Die Liebe ziert Leben, Mut, Sieg.
Die Liebe ist Leben, Mut, Sieg ... Reue!

Amore belebe Roma!

Ein Itaker euere Kati? Nie!
Nie! Nein!

O, so
redete der
Rentner
neben uns nun eben.

Er hetzte jetzt: Ehre!
Geist! Fahne! Töten! Haft! Sieg!

Er hetzt: Ehre
lieh Staatsheil!

O
ekle, welke
SS-Ahnen! Haß
erhitzt ihre
Seele, es
gärt stets träg
...
Es sind Ödnisse!

Retter

Nettes ordnete Begehren
der Retter,
da Reue Retter eint.

Sie, der Eide
bei Leid dienen, hob
ohne Neid die Liebe.

Die Rede ist nie Retter.
Euer adretter Redner
hege betend Rosetten!

Thor droht

Sei leise! Die Melodien,
die stahl euer Genre.
Geist reizt Neid.
Nette Romane beneide!

So rede jetzt! Ehre
die neue Rednerei, zu der
die Leid reduzierende
Reue Neider hetzte.

Jede Rose, die
neben Amoretten dient,
ziert sie gerne.
Greuel hat seidne Idole –
Meide sie, lies!

Nero hetzte Horen I

Nebel mit Neid
setzt unser Unheil.

Flieh!

So renne,
gehetztes Ego!
Gesetzte
hegen Neros Heil.

Flieh nur!

Es nutzt,
es dient im Leben.

Nero hetzte Horen II

Narren, Gegner, ran!
Nero hetzte letzte Horen.
Er hetzte jetzt: Ehre
negiere der netten Rede Reigen.
Er hetzt: Ehre
eint nie.

Haß sah
er, euere Täter, euere
Rage gar.

Haß nur! – Uns sah
Nero: Toren!

Nero hetzte Horen III

Rette, o Genie,
dein Heil!

Flieh nur Unheil!
Flieh nur Unheil!

Flieh nie
deine Goetter!

Stiere bereits

Tarne der Reden Hoffart,
streitnahe Ruhe sei deine Tugend,
Lüge sei die stumme Regel!

Nie ist Röte bereits Rage.
Bei Leid sei dies die Liebe!
Gar Stiere betört sie in legerem Mut.

Sei diese Güldne, Gute nie!
Diese Hure hantiert straff
ohne der Reden Rat.

Dr. Jekyll ... Mr. Mllykejrd

Plane deine gar feine Tugend!
Lüge nie! Rette Neger! Rette Knaben!

Hole Titel ohne Bankett!

Errege Nette, Reine, Güldne, Gute nie!
Frage nie den Alp!

So genesen Egos

O genese,
welker Unheilfeind!

Lehre diese Huren
Hoffart! Sei

nie straff, ohne Ruhe!
Sei der Held!

Nie flieh
nur ekle Wesen, Ego!

Romanamor

Nette Romane,
die beneide hier nie.

Tobe geregelt!
Röhre nur,
und nur
unerhört legere Gebote.

In Reihe diene
bei den Amoretten!

Seid dies!

Eine Idee, die nie
heile Höhe lieh,
diese Idee, die seid:
die Liebe bei Leid!

Plaudere, du Alp! I

Banaler Esel, rede!
Töte der Muse Gelege!

Leg es um!

Rede! Töte
der Leser Elan ab!

Plaudere, du Alp! II

Mut negierend erneuert Reden u. a. Leid. Neben legerem Mut stahl euer Geist Reize der Natur. Bereuet! Ehe Streit um andere Elegien tobt, siegt im Nebel Reue. Die liebe, güldne, gute Reue trägt belegbar edle Genies netter. Seid eine Hure, seid nett!

Erlesenes ordnete begehrender Rentner Nepp. Arretierte tötet Gas, ein Eid nie. Neide nie die Nase! Hohn erhob seine Gene. Ja, jetzt ehre banale Redner roh! Rette nun mit Geist ihre Reue: Treuere Tiere retten ohne Lohn edle Helden (u. a. Jandl). Ohne Ruhe gärt's nun.

Egal! Presseredner, höre her: Rede tönend, lüge!

Reue? Nein! Eherne Reize bewegen diese Reue. Toren liehen Rat. O Genie, der eigene Geistkram redete im Eid es um Sold nur vital. Er *lieh* nur euere Hast. Röte bei Wein *lieh* nur unsere Haß-Ode. Protein *lieh* Geist im Koma mit edlem Reiz an Reden regierender Redner.

Roh dient im Nebenamt Kram mit Reis samt Reizen Amors nun eben. Diese Nöte! Tiefe geniert sie. Greuel hat seine Reize: Greuel am Sarg mit Biertrunk! – Nur Pose? Nur Rede? Geist legerer Heere?

Dein Leser im Grab einer Oma neben uns sah nie bei Leid adretter, relativ agiler Ableger Elan. Aber es nutzt und labt. Manien, Unheil, Sex ... es lieh nun ein Amt! Bald nutzt unsere banale, regelbare Liga vitaler Retter, da die Liebe in Haß nun eben »Amore« nie barg, mir Esel. Niedere Ehre regelt Siege der »Rune« so. Prunk nur treibt im Gras mal euer Geziere. Nie stahl euer Geist reine, gefeite Töne. Seid neben uns! Romane ziert massiert im Markt man eben mit Neid horrender Rednerei gerne.

Der Nazi, er meldet im Amok mit »Siegheil« nie Torpedos. Sah er es, nur Unheil nie? Wie betört sah er euer Unheil relativ rund. Los, Muse, die Miete der Marktsiege negiere, dein Ego tarne! Heil Nero!

Teuere, seidne Gewebe zieren Rehe nie. Neuere, güldne Nöte der Rehe röhrender Esser plagen uns träge Huren hold. Naja! Unedle Helden holen honettere Reiter. Euer teuerer Hit siegt im Nu netter; horrender Elan aber hetzte. Ja, jene Genies bohren Hohes an. Ei, Deine, die »nein«, die »nie« sagte, tötet Reiter, Rappen, Rentner, Redner. Hege betend Rosen! Esel retten diese Ruhe nie, dies retten seine Gelder! Abgelebt gärt euere Tugendlüge bei Leid. Euer Leben mit Geist bot Neige, Leere.

DNA mutiert! Sehet euere Brut an. Rede ziert sie. Greuel hat stumme Regeln – eben! Die Laune der treuen Redner: Eigentum!

Namen, Namen

Namen nenne man! I

»Mit Aida?
Nie!

Bitte bei Detlef
für Emma
Elkes Adele,
Ledas ekle Amme!«

rüffelte die Betti
bei Nadia Tim.

Namen nenne man! II

»Nie reibt im Regen Ella
am Risotto«,

rüffelte die Baronesse K.
so nur Brunos kesse Nora
bei Detlef,

»für Ottos Irma
alle Neger mit Bier ein.«

Namen nenne man! III

Nenne Kebsen es!
So bei drei Hetären nenne
man nett unedle Majore, Töter.

O ja, melde Nutten Namen!
Nenne Räte hier,
die Bossen es bekennen!

Nur die Heidrun!

Isis sah Assisi
Thea naeht
Ria fand Edna fair
Anna hetzte Hanna
Ada netzte Nada
Heide gedieh
Nora seift fies Aron
Ethel flehte
Regine wetzte weniger
Emma erhitzt ihre Amme
Sara regelt leger Aras
Elli biß Sibille
Ida war im Irawadi
Marga nietete in Agram
Leonie bewegt Gewebe in Oel
Elietta hat Teile
Anita bat Ina
Rut seziert Reize stur
Kora war o. k.
Burga grub
Erika fragt gar Fakire
Eva, die betete bei Dave
Nana tastet Satan an
Renate bittet Tibetaner
Hekuba buk eh
Nur die Heidrun ...!

Nur du, Gudrun!

Ade,
Lissi, Salli, Gitte, Biggi, Sara,
Mizzi, Leila, Maia, Karin, Ina,
Jane, Lilli, Minna, Anita,
Irene, Lale, Sigi, Susan, Ines,
Liane, Lea, Lolita, Karola,
Lia, Liv, Elli, Jette, Dolli, Lis,
Babette, Nana, Ida, Nadia,
Nanette, Babsi, Lill, Odette,
Jill, Evi, Laila, Lora, Kati,
Lola, Elena, Ilse, Nina, Susi,
Gisela, Lene, Ria, Tina, Anni,
Milli, Lena, Janin, Ira, Kai,
Amalie, Lizzi, Mara, Siggi,
Betti, Gilla, Sissi, Leda!

Lebe uebel!

Leda trete!
Pedro meide!
Lale, die morde!
Peter tadel!

Tknel denkt & Tkned lenkt!

Eva, die betete bei Dave
Anita bat Ina
Adi barg mal am Grab Ida
Anni roch Corinna
Aida netzte Nadia
Ella kost so Kalle

Ramona liegt geil an Omar
Anna hetzte Hanna
Aron oelt Leonora
Roger gebot: Tobe, Gregor!
Elli biß Sibille
Axel aß Alexa.

Klang- und Formspiele

muse / es um

sei leise
behebe der rede töne

töte töne
töte nöte

töte nöte der rede
behebe sie
lies

Erdnah andre

Tarne nie deinen Rat
neben Eden eben.

Tat nutzt Untat –
Nebel sei dies Leben!

oh cello voll echo I

o warte petra wo
o weine nie wo
o sei nie so
o sei wo sowieso

o genietat ein ego
o genie dein ego
o streit irritiert so
o tulpe töte pluto

grauzonen o zu arg
euer tod o treue
margot o gram
nett o meide die motten

rat o notar
etat o notate
aus o josua
tod o godot.

oh cello voll echo II

ei, wie
erhitzte jetzt ihre
tröte betört

eine xenie
mit signalklang ist im
teebeet

seid, wo rowdies
nette rehe retten
– so leise ließ seile sie los

oh cello voll echo

Rrrrrrrr!

Tarne der Redner Ritual!
Runen raten
regierender Redner rohe Reize.
(Greuel leerer Eier! Krrrrr!)

Kr. . . eiere reell euer
Geziere horrender Rednerei!
Gerne tarne nur
laut-irrender Reden Rat.

löß und nußöl

erhöre güldne!
nöte tötend
lüge höh'res!

erhöhe güldne!
töte tönend,
lüge, röhre!

torf, eiter, eine niere – tiefrot!

grau z. b. legt röte bei.
dalí liebt fahles!

eos' nie rostgüldne gegend
lügt so rein,
so eselhaft bei lila,

... die betört gelb zu arg!

Gold log

O Genie!
Mein Ego tat nur Edles
nie so poesielos.

Gold nutzte jeder
neuen Rede jetzt und
log so leise.

O Pose,
Insel der Untat! O Genie,
mein Ego!

sei es!

sei es
sei dies
sei fein, nie fies
sei lieb – nebenbei lies!

... t Sie Geist?

Eint Sie Geist?
Ziert Sie Geist?
Belebt Sie Geist?
Reizt Sie Geist nie?

nebel (lit. stilleben)

nebel eben
negiere tote reigen

nebel negiere der eigenleben
tat

nebel sei dies leben
neben uns nun eben

tat
negiere tote reigen

nebel negiere der eigenleben
nebel eben

Rund nur
(700 Nanogramm Argon an 007)

… rund nur und nur
Rede – Jeder
Geist mimt Sieg!

Salomo las
nie so! Sein
Reden hob ohne der
banalen Epen Elan ab.

Salomo las
nie mein
»rund nur und nur …«

etüdedüte I

eierfreie
essayasse
essobosse
exehehexe
geistsieg
geweseweg
gnutötung
horrorroh
legeregel
leitstiel
leseresel
malayalam
marktkram
nileselin
reitstier
rengegner
reuefeuer
romanamor
sereneres
sinaianis
tatenetat
trababart

etüdedüte II

o
n u n
s t e t s
r e n t n e r
g e i s t s i e g
l e b e n s n e b e l
r e l i e f p f e i l e r
r e t s i n a k a n i s t e r
r e g e l b a s i s a b l e g e r
m u t n e g i e r e r e i g e n t u m
s i a m e s e n e g o g e n e s e m a i s
m a e t r e s s e n h u h n e s s e r t e a m

Leinseidenhosenregallagergrasmatten

Nett am Sargregal
lagern es ohnedies
nie liebe Diebe.
Die meide beide bei
Leinseidenhosenregallagergrasmatten!

reliefpfeiler

mi-
ni-
mum

an
am
um

in
im
. . . ?

eneMene
(Gelesenes)

```
          G

     E    L    E

S    E    N    E    S

     E    L    E

          G
```

nun

(Begegnung)

B

E G E

G N U N G

E G E

B

neger / regen

– euer sit-in
– ihr, ihr neger, liegt
– siegt
– bebt geistgeil ...

– regen
– rhi ... rhinitis!
– reue

Das »i« von »Novi Sad«

Das »i« von »Nitro«,
das »l« an »Esel«,
ein »u« (Dat<u>u</u>m, <u>u</u>m, <u>U</u>ta),
du nie lesen als »a«
dort in »Novi Sad«!

ecce!

geist ziert leben
mut hegt siege
beileid trägt belegbare reue
neid dient nie

nun

eint neid die neuerer
abgelebt gärt die liebe
geist geht
umnebelt reizt sieg

Das Palindrom als Spielmittel und poetisches Verfahren

Ablehnung kann es ja wohl nicht sein, aber was hat das Kopfschütteln des Palindromlesers zu bedeuten? Kommt das nur vom Hin- und Widerlesen der retrograden Zeilen, als Ping-Pong-Effekt gewissermaßen, oder schwingt da nicht vielmehr ein Erstaunen mit, über all die wunderlichen und wundersamen Wendungen und über den Zufall, der »durch die Welt zieht, spielend mit Klängen und Weltteilen«, um die Worte Jean Pauls zu gebrauchen?

Seltsam sind sie in der Tat, die »Rückläufer«, »Krebsverse«, »Spiegelsätze« oder »Janusworte«, jene Palindrome also, Sprachereignisse, deren schriftliche Fixierung gleich zwei Lesearten bereithält, nämlich eine vorwärts und eine rückwärts. Meistens liefert die buchstäbliche Umkehrung genau denselben Text: *Rentner; Retsinakanister; Madam, I'm Adam*. Seltener ergibt sich etwas anderes: *Roma / Amor, relativ / vitaler*.

Das Palindrom gilt zu Recht als anspruchsvolles Wort- und Buchstabenspiel, ähnlich wie Leipogramm, Akrostichon oder der nächste Verwandte, das Anagramm. Als weitaus häufigste Form begegnet uns der mehr oder weniger kurze Satz, der Buchstabe für Buchstabe zurückläuft: *Muse, her da, dreh es um*!

Ungewöhnlich sind im Deutschen solche Exemplare, die silbenweise, wortweise oder Zeile für Zeile funktionieren. Oskar Pastior hat in seiner Palindrompoesie aus den letzten Jahren diese Varianten durchgespielt. Demgegenüber beschränke ich mich hier auf die diffizileren, aber auch transparenteren Buchstabenpalindrome, die den Lesenden unmittelbar am Mechanismus des Letterntausches teilhaben lassen.

Der Gebrauch palindromischer Wörter und Wendungen ist uralt. Die Spur verliert sich im Schriftzauber der fünf Bücher Mosis, weit vor unserer Zeitrechnung. Der *Homo ludens*, wie ihn Johan Huizinga beschrieben hat, dürfte schon in den Frühzeiten der Schriftkultur im Rahmen seines mythopoetischen »bastelnden Spieles« gewisse rückwärts lesbare Wörter zum Einsatz gebracht haben. Ein symmetrischer Dämonenname, eine magische Devise in Gestalt eines Palindroms konnten nicht durch Umkehrung außer Kraft gesetzt werden. Der Zauber war nicht »rückgängig« zu machen!

Die abstrakte, ja künstliche Kunst palindromischer Verse hat eine wechselvolle Geschichte, die durch ihre Schriftgebundenheit bestimmt war. Als virtuose Fingerübung für Poetiken und insbesondere in den panegyrischen Kabinettstücken professioneller Hofdichter überstieg die

Gattung Palindrom immer wieder die sub- und paraliterarischen Niederungen zwischen Magie und Manie, Ursinn und Unsinn.
Die Wertschätzung durch die Zeitgenossen war außerordentlich hoch. In den großen Literaturen des Ostens, Sanskrit und Chinesisch, ebenso bei den Persern und Arabern, galten rückläufige Verse ohnehin als Nonplusultra poetischer Raffinesse. Seit dem 18. Jahrhundert jedoch wurden, zumindest in Europa, die oft verspielten Hervorbringungen formalistischer Künste radikal abgewertet. Palindrome und sonstige Paradestücke der »Poesia artificialis« sanken herab in den Rang von literarischem Schnickschnack. Aus Sammlungen und Lehrbüchern wurden sie verbannt. Goethe, der selbst maßgeblich an der Geringschätzung der Form in der neueren deutschen Literaturgeschichte mitgewirkt hatte, übte 1798 in einem Brief an Schiller gallige Kritik an den »Teufelsversen, die man rückwärts wie vorwärts lesen kann«. Sie seien geschmacklos und pedantisch.
Erst in den vergangenen zehn, zwanzig Jahren sind Palindrome wieder zu Ehren gekommen. Vor allem die Freunde der *Recreational Linguistics* und der französischen *Littérature Potentielle* besannen sich auf die alten Buchstabenspiele. Im Englischen, Französischen, Spanischen und in anderen Literaturen entstanden Tausende von neuen Palindromen, die wenigsten allerdings mit poetischem Anspruch.
Auch im Deutschen griffen und greifen im Anschluß an die »Konkreten« einige Exponenten der sogenannten Neuen Poesie traditionelle Formen der Buchstabendichtung wieder auf. Schuldt etwa dichtete in Akrostichen, Oskar Pastior und viele andere – vor allem Frauen in der Nachfolge Unica Zürns – in Anagrammen. Palindrome dürfen da nicht fehlen!
Der Dichter als »artifex ludens«, das entspricht dem modernen oder vielleicht postmodernen Verständnis von Dichtung als Spiel mit Sprache. Zumindest seit Wittgensteins folgenreichen Ausführungen über das Sprachspiel bekannten sich immer mehr Schriftsteller zum Spiel. Ernst Jandl etwa schrieb: »Ich verstehe unter Spiel mit Sprache eine Voraussetzung für Poesie überhaupt, jede Art Poesie und zu jeder Zeit.«
Die stoffliche Welt palindromischer Letterngeflechte ist gleichermaßen begrenzt wie merkwürdig. Die Satz- und Versatzstücke dieser »Spielzeug-Sprache« erstellen ein extrem reduziertes und zugleich verzerrtes literarisches Arsenal. Dabei sind Palindrome im doppelten Sinne reflektiert, d. h., sie sind grundsätzlich nicht Nonsense, sondern weisen durchaus ihre Bedeutungen auf. Nur sind diese offensichtlich beliebig, austauschbar.
Läßt man jene Beispiele außer Betracht, die nicht mehr sein sollen als schlichte Wortspiele, so zeigen sich drei Effekte des Palindroms in der

Dichtung: Formfestigung, poetische Sprachschöpfung und Virtuosität.
Grundlegendes Element der Strukturierung poetischer Rede ist bekanntlich die Wiederholung. Nur selten aber sind symmetrische Verszeilen retrograd organisiert. Enjambements und Endreim drängen auf Parallelität. Um so auffälliger ist der Eindruck formaler Geschlossenheit durch den erklügelten Gleichklang, die spröde Isophonie der »überformten Selbstreime«, wie der russische Dichter Semen Kirsanov Palindromverse nannte. Das geht weit über den herkömmlichen Gebrauch von Lautwiederholung und Fernassonanz hinaus.
Mehr noch als die Spiegelstruktur der akustischen Valeurs ist es die »zentrifugale« Formkraft des kombinatorischen Verfahrens, die zu einer poetischen Sprache führt, jenseits des Gewohnten und Gewöhnlichen, wie sie am eindringlichsten die Theoretiker des russischen Formalismus gefordert hatten. Die Sprache der Verse sollte mit Überraschungen aufwarten, sie hatte seltsam und stilisiert, sogar deformiert zu erscheinen. Erklärtes Ziel war die Befreiung des Wortes.
Velimir Chlebnikov ging indes noch einen Schritt weiter. Gemeinsam mit Alexsej Kručonych, dem kubofuturistischen Mitstreiter, bestand er auf der Autonomie der einzelnen Lettern. »Jeder Buchstabe«, so heißt es 1913 im Manifest der Gruppe, »küßt eure Fingerlein.« In seinen eigenen Buchstabenpalindromen hatte Chlebnikov verwirklicht, was die Vertreter der russischen formalen Schule der Verfremdung als dem Inbegriff aller Kunstwirkung an die Seite gestellt hatten: *das Verfahren der erschwerten Form.* Die Schwierigkeit und somit die Länge der Kunstwahrnehmung gelte es zu steigern!
Die manieristische Vereinigung des Verschiedenartigen, die zufällige Begegnung »eines Regenschirmes und einer Nähmaschine auf dem Operationstisch« (Lautréamont), gewährt ästhetische Reize. Solcherlei Poesie beerbt die Tradition der Kabbalistik. Für die Palindromdichtung erhebt sich jedoch die Frage: Ist es denn wirklich Zufall, ist es nur das vielleicht willkürliche Konstruktionsprinzip, das *Löß und Nußöl* zusammenzwingt, das menetekelhaft *Gras mit Niere vereint im Sarg* und den *Neger* auf ewig im *Regen* stehenläßt?
Die poetische Kombinatorik überläßt die Initiative den Wörtern. Ihr Zusammenspiel setzt eine Art Aleatorik ins Werk. Das hermetische oder sogar synthetische Gedicht, das schon Apollinaire postulierte, folgt kaum mehr einer thematischen Planung, sondern sucht seinen Sinn selbst. Die »Erfahrungsarmut« (Walter Benjamin) des posthistorischen Intellektuellen, der auch als Dichter herzlich wenig mitzuteilen hat, scheint so ihren paradoxen Ausdruck im Nullpunkt zu finden, im »degré zéro de l'écriture«, wie Roland Barthes' Formel heißt. Der Zu-

fall allein genügt uns jedoch nicht. Das Verfassen von Palindromen ist kein »automatisches« Schreiben.

Die alltägliche Verlegenheit um Worte nimmt für den Palindromautor monströse Ausmaße an. Einen bestimmten Gedanken exakt rückläufig formulieren zu wollen, erscheint nicht nur abwegig, sondern auch aussichtslos. Unter den poetischen Spielformen ist das Palindrom denn auch die schwierigste. Derartige Texte sind als übersteigert zu bezeichnen: »figures paroxystiques«, wie der französische Wortspielforscher Philippe Dubois konstatierte. Dabei hat das Palindrom disparaten Anforderungen zu genügen. Einerseits soll es möglichst glatt und gängig geraten, andererseits tendiert es, als Mittel der poetischen Erfindung, zu Innovation und Verblüffung.

Das Spiel erfordert strikte Einhaltung der Regeln. Kein X für ein U! Ein Fehler, wie klein er auch ist, entwertet das Palindrom. Die Früchte dieser »Ästhetik der überwundenen Schwierigkeit« sind oft danach: Telegrammstil, Albernheiten oder Pseudotiefsinn, im Deutschen eine abnorme, düstere und gestelzte Sprache, regiert vom Imperativ!

Überhaupt sind deutsche Palindrome mit den Buchstaben als Elementarteilchen besonders harte Nüsse. Unsere Sprache will dem Palindromteur nicht gehorchen. Der Schriftsteller Theodor Wolff jammerte, ein Perpetuum mobile zu erfinden sei das reine Kinderspiel dagegen. Zwar kommt die freie Stellung der Wörter im deutschen Satz der fraglichen Kunst einen Schritt entgegen, doch die Wörter sind oft viel zu lang, und das zähe Gemenge der Buchstaben macht das Spiel nicht mit. Insbesondere die Konsonantenklumpen (A*ngstschw*eiß etc.) gehen dem Palindromautor gründlich gegen den Strich. Es war schon ein schwerer Schlag, als vor rund 700 Jahren der Zischlaut *sch* vom Schwäbisch-Alemannischen her um sich griff. Das *swin* wurde zum *Schwein*!

Wie zu erwarten, sind ganze Gedichte aus deutschen Buchstabenpalindromen kaum zu finden. Bemerkenswert sind eigentlich nur die syntaxfreien Werkstücke aus den Ateliers der visuellen und Konkreten Poesie, etwa die von Timm Ulrichs. Sie beschränken sich auf die Palindromie einzelner Wörter oder Wortgruppen.

Von besonderer Bedeutung für das Dichten in Palindromen sind handwerkliche Aspekte. Selbstverständlich wendet man Hilfsmittel zur systematischen Permutation an. Ähnlich wie schon die Kabbalisten mit voluminösen Buchstabentabellen oder etwa Johann Christoph Männling mit seinen Ableitungstafeln zur poetischen Produktion setzt der ambitionierte Palindromautor rückläufige Wörterbücher und andere »Listen« ein.

Der kürzeste Weg zum guten Palindrom führt von außen nach innen:

Ein Regent ... ...t Neger nie.
Seidenhosen ... ...n es ohnedies.

Es geht aber auch andersherum:

... am Nil Esel in Ma...
...el, bis reversible ...

Das Scharnier bildet jeweils der mittlere Buchstabe oder, seltener, eine Leerstelle.

Vielseitig verwendbar sind Vornamen. Sie unterliegen kaum der Flexion und benötigen keine Artikel. Gestalten wie die *Amme Emma, der fette Fred* oder der allgegenwärtige *Tim* bevölkern die deutschen Palindrome. Dabei spielen die Namen Schicksal:

Folge Eglof!
Adelt Leda!
Martre Bertram!
usw.

Zweites ergiebiges Mittel ist die Aufzählung. So werden grammatische und syntaktische Hürden umgangen. Das geht wie am Schnürchen:

Äffin, Knie, Torpedo, Maid, Sumerer, Emus,
Dia, Mode, Protein, Kniff, Ä...

Ein Wort noch zu den Gedichten dieses Bandes. Der poetische Dreh liegt in zweierlei Spielarten vor, nämlich solchen Gebilden, die aus jeweils einem einzigen Palindrom bestehen, und jenen, bei denen jede Zeile ein Palindrom darstellt – Mittelachsendichtung in letzter Konsequenz!

Besondere Erwähnung verdient mein Rücklauftext *Plaudere, du Alp! II.* Das verschrobene Stück Kunstprosa ist das bei weitem längste Palindrom in der deutschen Literatur. Ein großer Teil der irgendwie geeigneten Wörter unserer Schriftsprache ist verarbeitet worden. Das zähe Ringen um möglichst viel »Sinn« oder wenigstens thematische Homogenität ist jedoch nicht zu übersehen und führte zwangsläufig zu einer in bezeichnender Weise wirren, aber doch dichten Vernetzung von Bedeutungssträngen.

Beim Lesen solcher Texte und eingedenk der Tatsache, daß die englischsprachige Literatur Buchstabenpalindrome von der Länge ganzer Romane hervorgebracht hat, mag man glauben, was allenthalben behauptet wird, daß nämlich im Mittelalter manch einer beim verzückten Palindromieren den Verstand verloren haben soll. Aus eigener Erfahrung kann ich jedenfalls bestätigen, daß exzessives Buchstabenaustauschen zu nervöser Überreizung führen kann.

1295 bekannte ein Schüler des Abraham Abulafia in seinem Buch *Die Tore der Gerechtigkeit*: Beim Permutieren und Kombinieren »... wur-

den die Buchstaben in meinen Augen zu großen Bergen, heftiges Zittern ergriff mich, und ich konnte mich nicht fassen; meine Haare standen zu Berge, und es war mir, als wäre ich nicht auf dieser Welt.«
– Jawohl, genauso ist es!

Herbert Pfeiffer

Inhalt

Gebote und Leviten

Namen, Namen

Klang- und Formspiele